나의 말은 계속 자라고 있어

反詩시인선013

나의 말은 계속 자라고 있어

오남희 시집

시와반시

| 차 례 |

제1부 나비는 우편배달부가 되어

10 물멍
11 벽지
12 연둣빛 연서
13 목련
14 저무는 강에 기대어
16 화식조火食鳥
18 나비는 우편배달부가 되어
20 산책의 밀도
22 용추龍湫
24 연산홍
25 비진도
26 묵정밭
28 짜글이

29 짝사랑
30 그들은 '퇴근길'에서 퇴근한다
32 저항감이 있으니까
34 만보기

제2부 저녁, 는개에 젖어

36 복사꽃
37 열섬
38 알 수 있는 사람
40 내부 고발자
42 환지통
44 감천 마을
46 봄볕에 그리움 널어 말리며
48 요가 1

50 요가 2
52 요가 3
53 요가 4
54 졸음 쉼터는 객지다
56 아카시 꽃
58 솔가리
59 오징어, 푸른 도화지에 쓴 시
60 저녁, 는개에 젖어
62 방음벽

제3부 사각 얼굴과 맞닥뜨리다

64 무화과
65 봄은 널름거리는 혀로 온다
66 추희
68 무죄

70 날개는 고요하다
72 홍교, 그를 읽어내다
74 여진
76 탐색전
77 위장항해술
78 사각 얼굴과 맞닥뜨리다
80 배경
82 뒷담화
84 은행털이범
86 태연한 목석
88 흔적
89 덕질, 그녀들 발 벗고 나섰다

92 해설 정념情念으로 새겨진 삶의 무늬들 | 이진엽

| 제1부 |

나비는 우편배달부가 되어

물멍

살 오른 수면, 바람은 자늑자늑 일렁이고

내려앉은 내 마음새 곱슬버들색처럼 순해

물의 가지에 걸터앉아 껌뻑껌뻑 숨 고른다

홀연히 비켜선 자리에 기억 새삼 돋아

어슴푸레 살아난 상흔 사픗이 지우고 싶다

적당한 자유다. 윤슬처럼 반짝이는 눈빛들

벽지

여러 겹 붙은 벽지 떼어보니 알겠다
붙이는 것은 순간이지만 어르고 달래 묵은 먼지까지 붙어 쉽지 않다
조각으로 뜯어지니 마음은 찢어진다

정도 그렇다
붙이는 건 한나절 안 되지만 떼어내는 건 눈물, 콧물 들어가야 한다
뒷모습까지도 멍이 든다

억겁의 시간들 속에 쌓인 것들이 말해 주듯
다 못 떼고 가는 것이 사람의 정이다

연둣빛 연서

능수버들은 눈금자로 재어 놓은 듯 또박또박 고르다 입주 작가처럼 겨우내 문 걸어 잠그고 쓴 편지는 수십 장으로 완성되고 꼬리 꽃차례에 촘촘하게 써 내려간 사연을 개나리 꽃잎 봉투에 붙여 밀봉하니, 실바람 찾아와 집집이 다니며 우체통에 넣어준다 오타로 반송된 편지, 한 치 건너 사는 물오리 발 벗고 나서겠다며 조약돌에 콕콕 찍어 몸 풀어헤친 개울물 위로 다시 띄워 보낸다

사위는 온통 연두다

누군가 나에게 쓴 편지는
봄까치꽃 앞으로 전해줬는지 내가, 쪼그리고 앉아 있는 나를 토닥인다

목련

뽀송한 꽃잎 구름에 걸쳐져 있는 듯
부드럽게 눈부시게

마그놀리아 향 품고
물오른 살결 꽃숭어리로 터지는 일
피어난 봉오리마다 탄성이라

여기,
등 뒤 후크로부터 풀려난 날
짓눌린 자국들 비명 지르며
심장이 두 근 박 세 근 박
스캔들 예감

그녀,
미슐랭 가이드 찾아 떠나고

저무는 강에 기대어

강둑에 서성이는 바람과
지친 다리 쭉 뻗어 누워 있는
강을 바라본다

서로 살갗 부비며 노니는 오리 떼
은결, 바람의 간지럼에 몸을 비틀고
신음처럼 들려오는 비수리풀 울음소리
강바람을 맞고서 저렇게 흐느끼고 있는가

까치놀에 반쯤 잠긴 자전거
주인 하염없이 기다리고

나에게로 흐르던 너의 미소
강 하구 어디쯤 가고 있을까

노을에 몸 타는 강
낙동역 지나는 열차와 같이

긴 그리움 하나 싣고서
오래토록 몸속에서 달리고 있다

화식조火食鳥

퇴화된 날개라고 꿈까지 접을 수 있을까

둥근 불판 위
붉은 살점에 양념 옷을 걸친 뼈가
지글지글 살점이 오그라들고 있다

숯 냄새는 갈비집의 오래된 습성일 터

양손으로 갈비를 받쳐 들고
그녀는 뼈와 살점을 깨끗하게 구분한다

갈빗집 음향기기 스피커의 어둠처럼 풀린 음악이
내 옆구리로 착착 감겨올 때

스스럼없는 한 남자, 시린 갈비뼈로 부벼 오며
뺏속 깊이 파고들던 슬픈 몸동작에
그녀는 충혈된 눈으로 대신한다

불면의 밤은 길어졌다

혼란스러웠던 밤, 빈 거죽만 남겨
아담에게 갈비뼈를 반납하고 싶었다

뿌연 새벽 창밖은 포슬눈이 내렸고
울컥,
저 눈처럼 뜬금없는 그녀
날개가 있어도 날지 못하는 슬픔
몇 겁이 지나야 자유로울지

나비는 우편배달부가 되어

산림녹화 기념 숲 안의 꽃밭은 나비의 배달구역이다

꽃밭의 꽃들
사월의 꽃밭에서 나풀나풀
미추룸한 몸으로 반긴다

철쭉이 볼 발그레한 건 내용을 짐작한다는 것
제비꽃은 몸이 굳어 목만 까딱까딱 거리고
땅속에서 호시절 보낸 할미꽃은 모든 게 귀찮다는 듯 구부정하고
반드레한 목련은 벌써 내통했는지 머쓱하다
땅바닥 모도록하게 점령한 꽃다지는 난코스라
숭굴숭굴한 민들레는 마을 사랑방의 픈픈한 집같아

분홍과 노랑, 한 페이지가 환해지는

나비는 별것 아닌 듯 황홀하여
볼 붉히는 꽃들에게
—괜찮아, 사랑이야

스물두 살
저녁 무렵, 문 앞에 놓인 하얀 봉투에
심장이 멎을 뻔했던
사월의 봄밤 같은

산책의 밀도

조용한 바깥이다

가벼운 공기는 길 주위를 맴돌고 눈은 싱싱하고 자유롭다

댕강나무에 걸린 이슬방울 간절기로 체형이 작고

생각이 흩어진 듯 신갈나무 열매들, 떼구루루 수로 쪽으로 구른다

바람이 터놓은 길에 연인들이 걸으며 다독다독 정을 내고

구름길에 서툰 마침표 찍을 곳 이리저리 궁리 중이다

산책은 산사나무 열매처럼 둥글고 딱딱하면서

얼굴이 붉어져

꽃무릇 피고 진 자리에 막 돋는 잎처럼 간절히 내성적다

헝클어진 풀잎의 내심, 다 안아 주고도 그렇다

용추龍湫

계곡에 손을 담그다가
뒤를 봤다

먼 일이었다

산길로 난 샛길은 무뎌졌고
소나무들 키는 나지막하다

용 비늘 흔적 깊다

심장에 꽂힌
물매화 꽃대처럼
뜨거웠을 그들

억겁의 세월은
산기슭 꽃으로 피었다

들물은 유죄
날물은 무죄

연산홍

눈꼬리 치켜 올려 정점 찍는
스무 살 아가씨 C컬 펌처럼
눈 뜨고 볼 수 없는 황홀경

분홍에 취한 그녀
천국에 든 듯
입 꼬리 만발하다

비진도

파도가 연신 쓸어 올려

물방울 튕겨 나갈 듯

봉긋한 가슴 탱탱하다

멀리서 바라본 미인도

콧대 높은 섬 처녀

파랑파랑 했던 삶

한 생의 절정 막 통과한 이력

푸르고 푸르다

묵정밭

군위 고로 싸리밭골
헐거워진 몸피 이끌고 온 구순 할머니
애물단지 요강 껴안고 막내며느리 차에서 내린다

몸은 멀찌막이 떨어져 있어도 늘 마늘밭 걱정이었다

뜨락에 걸터앉아
건너편 오리나무와 인사 나누며 안도의 한숨 내쉰다

죄다 퍼주고
쥐어 짜주고

몸피는 닳고 닳아
굽은 허리, 얼굴 시방 땅에 닿을 듯
아흔 생애 땅으로만 꽂혔다

묵은뎅이에 깊은 산그늘 내려와
구부정한 할머니 등에
이른 저녁 보름달 둥글게 내려 앉는다

짜글이

밀렸던 말들이 공중에서 불꽃처럼 튀고 새 소식
들은 양배추처럼 감싸있어 둥글게 풀어내니 뇌리
에 착착 감긴다 기름때 엉킨 환풍기는 진한 농담들
을 빠르게 빼내고 중요한 말들은 접시위에 차곡차
곡 올려 음식 재료로 쓰인다 끼어드는 말 때문에
대화 도중 잘린 것들 모든 말, 말, 말들이 냄비 안
으로 들어가 뽀닥뽀닥 위아래로 오르락내리락 거
리고 '안 보는 데서는 임금님 흉도 본다'며 각양각
색의양념을 끌고 와 넣고 보니 간이 짭짜래하고 감
칠맛이 난다 큰 대접에 담뿍 담아 참기름 넣고 쓱
싹쓱싹 비비면 목에 걸린 가시까지 꿀꺽 넘어간다
분위기는 정수리까지 훈훈해 막바지로 갈수록 서
로 골수까지 내어주겠다며 밤까지 슬기롭게 이어
졌다 소원했던 사이들 까지도 서로 좋다 좋다 한다

짝사랑

풋감, 하면 떠오르는
내 소녀시절이
감나무가 교실인 양 다닥다닥
교복 입은 얼굴로 앉아있다

낮익은 저 줄금 그어놓은 책상처럼
담벼락 경계를 넘을까 말까 재잘거리는 풋감에게
친구 아버지는 담장의 날 선 병 조각들처럼
세상 드난살이 이야기한다

내 처녀성을 덮친 구월이
단풍으로 철들었을 중년이라 말해주지만
여태 짝사랑만 즐기는 나는
얼굴 붉어지지 않을 물광 화장에 여념 없다

그들은 '퇴근길'에서 퇴근한다

처음처럼 술술 넘어가는
골목의 말들이

사무실 출입문 부산하게 박차고
부산스럽게 들어선 부산스러운
생고기 맛집

붉은 꽃으로
접시 위 찰싹 감겨 피는

자리마다
기름 위의 빵빵한 도넛들처럼

자리의 고성방가들
한 다발 꽃말들로 묶여져 있고

밤은 검불덤불 엮이어 촘촘하고

가로등 비틀거릴 즈음
퇴근중인 그림자는 꼬불꼬불하다

저항감이 있으니까

너의 근조직을 잘라 보겠어

앞면 5초
뒷면 5초
눈요기 3초

우삼겹이 노랗게 구워진 채 밥상위에 올라왔다

도마 위에 떨어진 살기어린 살들이 매끄러웠고 근심들이 잘려 나간 뒤라 목 넘김에 무리는 없을 것이다

번들거리는 너를 보는 눈은 노려보는 쪽에 가까워지고 까탈스러운 입을 앞쪽으로 내밀면 미각은 혀가 읽고 후각은 코가 읽어야 한다

입안에서 육향을 느끼고 넘길 때는 부르르 몸을

떨고 얼굴에 웃음꽃 피워 만족감 표시할 쯤이다

남의 살이 내 살이 된다는 걸 단발머리 찰랑찰랑
심야영화를 같이 보고 난 뒤 알게 되었다

연기는 보이는 분위기를 감싸고 보이지 않은 몸
은 수평으로 넓혀지기도

만보기

오른발, 왼발은 서로 모르는 사이
하지만 박자는 맞춰야한다
찌뿌드드한 근육들
더듬더듬 만지작거리는 아침
웃자란 안개가 걷히면 시침이 분주하다

숨이 차도록 계단을 오르면 덩달아 숫자도 날뛰며
오늘의 최고점 향해 올라간다

지친 오후, 조용하다
자전거에 걸친 발
누군가에 들키고 싶지 않은 듯
그래프는 납작 엎드린 가자미처럼 꿈쩍 않는다

서로를 밀고 당겨주는 빌레이가 되어
늘 곁에 두고 그 마음 읽는다

| 제2부 |

저녁, 는개에 젖어

복사꽃

팔공산 층층 밭에 흐드러지게 핀 도화원

이랑 사이 왜 바지 촌부, 꽃잎 날리는 듯

판박이 자식들 생각하며 휙휙 웃음 날리네

빛에 익은 얼굴 벌겋다가 이내 까무잡잡해

등 위의 별, 복사기 불빛처럼 들락거리네

열섬

방은 후텁지근한 습기에 똘똘 뭉쳐진, 이 밤은 열대야, 양다리 사이는 무릇꽃 알뿌리 짓이긴 실처럼 끈적거려 차콜그레이 이불이 죽부인처럼 들어온다 언제 왔는지 피죽바람이 태아처럼 웅크린 몸 구석구석 훑고 다녀 시원했고 일렁이는 너울성 감정 꼬리를 흔든다

달아난 잠으로 몸은 자꾸 오른쪽 왼쪽으로 구른다 불규칙하게 부는 바람은 섬을 살살 녹이고 창문은 밤새 키득거리다 길을 터주고 콘센트에 꽂힌 선풍기 등은 서늘하게 식어 간다

섬에 갇힌다는 것은 벙어리 냉가슴 앓는 것이다 생일잔치 끝낸 풍선처럼 언제 터질지 모를 불안을 꾹꾹 누르며 버티는 것이다

알 수 있는 사람

눈길 깊어져
휴대폰 화면이 움푹 파여 있다
휘휘 엄지는 오르락내리락
깨금발로 올려 본다, 간절하다

눈썹 뼈는 통증이 일고
손가락무늬 너덜너덜하고
미동도 하지 않던 사람
온기만 남기고 다녀갔다, 밤사이

먼 나라 같은 당신
꽃은 피웠는데 나팔꽃만 피웠더라
입술 자국 아직 따뜻한데
오래 전부터
갈비뼈에 걸려 있다, 애인은

벽에 걸린 수묵화

빛바랜 먹 향기로

허수아비처럼 묶은 기억 하나 있다, 나

내부 고발자

건널목은 아직 빨간불이다
건널까? 말까?
아침의 방향으로 느슨한 바퀴를 굴리려는데
달리는 사차로를 방관하고 서 있는
빨간불

안쪽의 한 부분이 게임기의 두더지처럼
서로 정수리를 짓누른다
나무에 꺾인 그림자가 목격자 행세를 할 요량으로
고스란히 기억하려는 태세다

끝내 힐끗거리며 건넌다
맞은편은 벌건 외눈으로 노려보는데
호두과자점 주인은 틀에 박힌 일상을 틀에 구워
내고
벽에 붙은 팸플릿 광고는 밤낮없이 빛난다

표독스런 살쾡이 손톱으로
인상이 돌변한 짐승의 검은 눈동자로
식별이 어려운 겨울 안개 속처럼
머리카락은 쭈뼛쭈뼛 그들을 향해 찌르는

그래도 아무 일 없다는 듯

환지통

내게 다가온 불잉걸 같은 심장에게
고백해서는 안 될 말을 고백한 걸 후회한다

'넌 너무 순진해' 라고 말해 줄 때
그래도 친절한 게 최고지
꽁꽁 숨겨 두었던 말들을 늑골 속에서 꺼내
그에게 들려준 뒤
말이 거세라도 당한 듯 환지통 인다

다시 내 말들은 조용해졌으며
수 없는 생각들이 다시 차곡차곡 쌓이고
숨김이 잔잔한 호수처럼 일상이 되어 버린
그런 일요일 오후,
그 사이 봄은 왔고 꽃잎들은 떨어지고
심심해하는 말들은 삐죽이 창밖으로 고개 내미는

나의 말에 앉았다가 홀가분하게 날아가 버린 그

어느 동네 골목 어귀를 들어서고 있을지
내겐 접신 되지 않은 기도가 환영처럼
떠나지 않은 봄밤에

–괜찮아!
나의 말은 계속 자라고 있어

감천 마을

경사진 골목길에 내 달리는 마을버스
거미처럼 납작 엎드리면 통과될까

피난 시절 언 손 감싸고
부르튼 손 담벼락에 녹이던, 그런 한때가 숨어 있다

탄탄한 세로줄 계단에 매달린 듯
엉거주춤한 노파의 퇴행성 무릎관절은
아직 물 마르지 않았는지
내쉬는 축축한 한숨 소리에
건넌 집 창살이 출렁거렸다면
쉿, 옥녀봉 나무들 또한
오늘 거친 호흡법이다

골목이 삼킨 비릿한 피바람 진동해도
그 사이사이로 비대한 수레가 지나가자
골목의 헐은 위장이 잠시 빵빵 해진다

골목조차 기억하지 못하는 발자국들
그 다닥다닥한 바퀴자국
꿀꺽 삼킨 위장술 뛰어난 좁은 골목
배고픈 거미는 매일 말간 얼굴인데
거미의 내장 속 승객이었던 나
빨고 있던 막대사탕 하나 툭 던지자
단내가 온기가 되는 홀쭉한 골목이 발그레하다

봄볕에 그리움 널어 말리며

어머니, 엇그제 파발을 보냈어요

젊게 보이는 색안경도 준비했어요
유채밭에 땅벌들이 잔치 벌이네요
어머니, 잘 걸을 수 있도록 봉침 맞아요
멀쩡해진 두 다리로 흐드러지게 핀 꽃길 걸어요
그래서 오후 한때의 빗속을 우습게 지나쳐요

아버지가 밭뙈기 팔아 며칠 안 들어오던 때도
무지개고개 너머 죽은 나무 그늘을 없애러 간 때도
사방으로 흩어진 기억, 꽃향기 버무려서 간직해요

어머니, 그때가 생각나시나요?
달뿌리 풀 속에서 까투리 푸드덕 날 때, 서로의
엄마를 부르던
손에 물 묻혀 쌀밥을 입에 넣어 주시던

소 풀어 놓고 오디로 입술을 바르던
싸리나무 새순, 송골송골 눈물을 손톱에 발랐던
기억 기억들

어머니, 사월의 꽃 잔치가 끝나기 전에 도착해야
향기들이 코끝을 물들이거든요
눈에 한가득, 마음에 한가득 채우고 돌아와요

봄은 누군가를 물끄러미 보고 싶게 하는

요가 1
—고양이 자세

금요일 저녁이면 캣타워에서 한 발 한 발 조심스레 내려온다

민트 색 매트 위, 여물게 익은 방귀가 항문을 삐져나오지 못하도록 제대로 조인 뒤 엉덩이를 바짝 치켜 올려 턱을 납작하게 바닥에 밀착하고 두 팔을 앞으로 쭉 뻗는다 숨은 복식호흡이다 머리카락이 아래로 축 쳐지고 등뼈 사이사이를 늘려 부드러워지며 눈은 아이스크림처럼 스르르 녹는다 교실 안은 반야시 음악이 몸에 착착 감기면서 치켜 올린 엉덩이 위에 내려앉는다 내장활동은 정체된 고속도로가 뚫리듯 원활하게 뻥뻥 뚫어주며 척추는 S자 굴곡의 미녀로 만들어준다고 강사가 말할 때, 입에서 무심하게 빠져나온 가쁜 숨은 치매 환자처럼 길을 잃었다가 제자리를 찾아 간다 그사이 몸은 그루밍 되어 고무줄처럼 탄력적이다

저녁 여덟 시, 천장의 백열등이 지루하다는 신호를 보내면 송장 자세로 호흡 정리하고 어둠에 익숙한 듯 슬그머니 밖으로 빠져나간다

요가 2

—독수리자세

열아홉 마리의 자세는 각양각색이다
요추 4,5번 허리디스크로 어정쩡한 은자 씨
무릎 관절염으로 바들거리는 지희 씨
군살 하나 없이 꼿꼿한 미라 씨
가볍게 더 가볍게 비상을 준비 중이다
날개깃에 감춰둔 야생의 본성으로
팔을 나팔꽃처럼 벌려 중기를 감아올리며
꼰 다리 다시 꼬는
비상을 위한 준비운동 중이다
다리는 새끼줄 꼬듯 하고
팔은 나팔꽃 줄기 감기 듯
혈관에 피돌기 시작될 즈음
날개덮깃에 감춘 야생을 꺼낼 시간
폐부에 공기를 주입하고 상승기류를 탄다
빛줄기를 잡고 공중을 할퀴며 헤매고 다녔을
하늘은 어지러워 맴돌고, 피의 누수를 목격한 수리

휴,

조련사의 휘슬이 울리면

한 마리 애완 수리로 돌아와 안기고

요가 3

—낙타자세

모래는 살랑거리는 쉬폰 스커트
그렇지 않고서야 어찌 저리 가벼울까
어느 날은 작은 봉우리를 만들었다가
어느 날은 끝없는 평원을 만들었다가

놀라워라
당신의 기억들 흩어졌다, 모였다

활처럼 열어 제친 몸
가슴골 훤히 보였다가
누군가의 그림자 없이도 허방이 메워지고
소소초처럼 뒤로 휘어졌다 일어서는

가벼워라
당신의 기억들 신기루처럼 사라졌다

요가 4
—송장자세

돌돌 돌지 않는 것들이 아우성이다
온몸이 들쑤셔 견디지 못할 지경일 때

먹다 남은 약봉지 책꽂이 귀퉁이에 까무룩 비틀어져 있다 환절기 맞아 따뜻이 손잡아주기를 기다리다 지친 몰골이다 폐부에서 뿜어져 나온 공기나 눈길이 머문 천장의 색깔은 붉지도 노랗지도 않다고, 몸서리치며 희뿌옇다 미지의 세계를 향해 떠나는 집시 되어 은하수 흐르는 마룻바닥이 편안하게 느껴질 때 옴짝달싹 못하는 마음 한쪽 내려놓는다 화창한 날 비스듬히 내리쬐는 햇볕이 창문을 통과하기는 수월하다 머릿속에 옹이처럼 박힌 어제는 천천히 팝콘처럼 날아올라 고령 오일장 뻥튀기처럼 속이 텅 빈다

반듯하게 누운 몸과 하늘 사이에 호흡이 산다
비우니 가볍다

졸음 쉼터는 객지다

달리는 차는 바람개비처럼 빳빳하게 맞선다 곡선 아니면 직선, 어젯밤에 수면제 털어 넣고도 눈이 말똥말똥 하다면 위험하다 산소는 계기판에 납작 엎드려 기어 다니고, 차 안은 잠이 붐비니 눈꺼풀이 비 맞은 빗자루처럼 축 처져 차창 밖 바람이 볼떼기를 때려 줘야 할 시간이다

쉼터에 멈춰 선 승용차는 활어처럼 싱싱하고 운전석 의자는 강제로 젖혀지니 남자는 짐짝처럼 얹혀 머리는 어느 쪽도 아닌 중립이다 베르베르의 잠의 6단계가 무시당하고 꿈은 흥미진진한 도입부를 개 눈 감추듯 한다 이정표는 멀뚱하게 멀리서 바라보고만 있다

"혹은 졸음 쉼터 자체가 자동차 묘지 같았다 찬성이 맡은 가장 중요한 일은 잘 크는 것도 노는 것도 아닌, 어른들의 잠을 깨우지 않는 거였다

이들은 피로에 학살당한 것처럼 쉼터는 잠으로 붐빈다" *

* 김애란 소설 〈바깥은 여름〉 중에서

아카시 꽃

끝이 닳은 놋숟가락으로 긁어 톱밥처럼 보슬보슬한 '삼색 북어 보푸라기'는 조리사 시험 메뉴 중 한 가지, 〈요구사항〉도 있다 "북어 보푸라기는 각각 소금, 간장, 고운 고춧가루로 양념하시오." 이런 요리를 할 때면 사이사이 물끄러미 창밖을 응시하는 습관이 있다 모퉁이 돌아 "희야"하고 소리치며 그들은 문을 왈칵 열어젖히며 들이닥치는 상상을 한다 온 집안 기름 뒤끓는 냄새에 FM2 라디오에서는 터무니없는 사소한 시를 쓰는 시인의 작품 〈못난이 감자〉의 시가 곱슬곱슬하게 낭독 되고, 잡음 지수 높아도 사이사이로 들리는 질감은 귀에 착착 감긴다눈은 한 움큼의 시간도 허비해서는 안 된다는 듯 왼쪽, 오른쪽으로 핏줄이 불쑥 튀어나온 손을 따라 다닌다 어느 사이에 들이닥칠지 모르는 그들을 위해 음식상은 찬란해야 하며 혹시 시차 때문에 불안의 이미지가 보인다면 맛으로 승부 내면 상관없다

그들이 그곳에 이미 와 있는 듯
버선발 신은 꽃나무 아래는 홀림의 서분서분한
그늘이 내렸다

솔가리

마른 몸피로 소복이 바닥에 내려앉는다 뼈대만 남은 고주박이까지 감쌌다 동지들끼리 얼기설기 뒤엉켜 다시 묵히는 중이다 햇무리 질 즈음 벽마다 시꺼먼 그을음 들러붙는 검부지기나 둥구리보다 솔가리로 지펴야만 무쇠솥 엉덩이를 골고루 데운다 솥뚜껑이 들썩들썩 숨 가쁘게 몰아쉬며 입김을 뿜어내면 불은 아궁이에 나직이 몸 사리고 일렬로 줄지어 선 촛불처럼 피어올라 서로 토닥토닥 다닥다닥, 열두 살 즈음까지 갈고리 닳도록 끌어 모아 정지 한쪽에 가묘처럼 쌓았다

뒷산은 추억의 솔가리처럼 쌓이고 다시 두터워졌다
날림 불꽃은 키만 무성해 실속 없고 소나무는 말이 없다
그사이 잎파랑이였던 아들 머리에 서리 내리고, 어미와 군불처럼 따숩다

오징어, 푸른 도화지에 쓴 시

오해는 화들짝 놀라 먼저 악수를 청하고

오보록 가지에 쌓인 눈이 공중으로 뜨며

오브제 도자기, 물결무늬 출렁출렁 춤추는

오달지게 눈가장에 찬 눈동자가 희번덕이면

오므린 나도 샤프란, 너 꽃 피는 일 잊으라

저녁, 는개에 젖어

1.

부스스 끊어질 듯 말 듯 희뿌연 도화지에 저녁의 고단한 걸음이 솜처럼 나른하다 솔직하게 나오는 부드러운 사랑 고백처럼 안긴다. 서로 눈길이 깊어지면 사연이 쌓이듯, 비에 젖은 이름 모를 꽃이 고개를 숙이는 편편한 생각들, 맨발이 미적거려

2.

정자 마루 밑에 주저앉은 술 취한 할아버지, 일어나려 몇 번을 시도해도 몸은 자꾸 팔의 힘보다 밑에서 당기는 습한 힘이 더 무거워 집에나 갈 수 있을지, 공원을 한 바퀴 도는 동안 자꾸 눈길이 따라간다. 누워도 곰곰이 생각나는 밤, 내동댕이쳐진 속 빈 술병으로

3.

마음이 자꾸 흘러내려 공원길 걷는다. 잔디 위

나무의 조각난 마음도 떨어져 어찌할 줄 모른다.
빈혈이 꼬부랑길처럼 휘청거려 나도 모르게 젖은
나무에 기대 위로 받는다 공원 붙박이로 서 있는
가로등 동공은 그대로인데, 갈 곳 잃어 부유하는
안개로

방음벽

책꽂이에 서 있던 글들이 놀라 쏟아져 내린다

쌩하고 지나는 차들은
집에서 떨고 있는 사람의 시간을 멍들인다

둔감형은 망설이지 않고 외출을 한다
자전거 페달에 발 올리기
얼굴은 일그러지지만
오르막길 힘들게 오르면 가슴은 큰 등줄실잠자리처럼 웃는다

고막샤워는 끝났다
데시벨에 상관없이 사연 불문하고 싹쓸이 거둬들인다

그 자리, 모두 사라져도 홀쭉해진 이야기는 남아
너를 보듬어 눈썹 하얗게 새는 날이 길다

| 제3부 |

사각 얼굴과 맞닥뜨리다

무화과

안이 밖이 될 수 없으니
내뱉지 못한 말, 안으로 삼키며 모지랑이 되어 핀다

한 송이
두 송이
.
.
.
.
.
.
절절한 심연까지

오늘,
한 줄 물음표로 너에게 가서 마침표 되어 되돌아 왔다

봄은 널름거리는 혀로 온다

닥지닥지 사철 쑥
얼굴에 마른버짐으로 피고

하품으로 나른해진 긴 해안선
옥빛 바다 겨드랑이 슬쩍 간지렵혔나 보다

웃자란 하얀 이빨 드러내며
짜르르르 짜르르르

커다란 포말로 웃어젖히는 바다는
목젖 내보이며 기다랗게 혓바닥 뺀다

내 발목까지 휘감을 듯 널름거리며
혀끝에 닿는 주름치마도 펄쩍 잠 깨우는

애월 곽지해변이여

추희

손 뻗으면 잡을 수 있는
옆 지기로 도담이 차지하고 있다

어느새 홍자색 얼굴로 이쁘다
분 바른 몸 뽀드득뽀드득 씻기니
홍시처럼 다소곳하다
며칠 순한 밤 지나니
홀로 부드럽다

손을 뻗어 본다
야밤처럼 웃는 너에게
작정하고 덤벼야 실수가 없다
반질반질 빠져나가는 엉덩이
헛다리짚은 정강이뼈 욱신거리고
눈꺼풀 껌뻑거리고 몸 배배 꼬인다

별똥별 몇 날 며칠 쏟아지고

야들야들해진 너를 꺾고 나서야
몸속 빼곡한 결은 견뎌낸 아픔이라
봉인된 과점처럼 달달하다

무죄

입안의 말 가볍게 굴려
식탁 위 접시에 올렸다

모여 있던 입김은 나오자
아지랑이처럼 흩어졌다

'나와 상관없어'
접시에서 펄쩍 뛰는 말은
중구난방 가슴을 할퀴었다

밤새 되새김질로도
비수에 꽂힌 말 소화시키지 못해
뒤척이다 아침이 먼저 왔다

우중충한 날이 많았지만
별들이 탯줄처럼 내려와
들썩이는 등을 다독여 주었다

물오른 동백나무
붉은 말 토해 놓은 듯
꽃은 바닥에서 피어났다

날개는 고요하다

천상의 선녀
두루미천남성으로 환생했나
고독한 날갯짓이
둥실
노을 쪽에 선 작가의 렌즈에 잡혔다

날름거리는 채찍은 하늘을 향해 솟아
고고한 여인의 몸동작처럼 눈부시다
조선 어느 여인의 사약에서도
몇 마리쯤 푸드득거리다 날개를 접었는지도

산네발나비
천남성의 잔망스런 마력에 매료되었는지
떠날 기미 없다

날개가 마비된 탓에 죽음도 저만치 다가와 있는
비상을 꿈꾸었던 넌

공중을 서성거리다
목이 꺾어져야만 비로소 날 수 있을 것을

홍교, 그를 읽어내다

마디마디로 인연을 엮어 놓은 듯
등뼈들 연하게 굽어 있다
극락 드는 길 아찔한 천국이다

다리 위 두 다리
O자형으로 바람 숭숭 들락날락거리고
찰나의 순간 자세는 바들거린다

앞뜰의 옥비녀 꽃
부푼 얼굴, 밤이 되어서야 등불로 길 밝히고는
새날은 그냥 오는 게 아니라며 환하다

도량은 조용한 침묵으로 분주하니
쉬어가는 의자 한량하게 눈요기로 공양하고
떨어지는 빗줄기 모두 다라니경 된다

꽃살문에 기댄 렌즈 속 여인

강렬한 손가락 하트 날린다
어디선가
"이 뭣고?"

여진

때때로 흔들리며 산다지만
지층의 흔들림은 아찔한 감으로 온다

자주달개비 화들짝 꽃잎 오므리며
향기마저 거두어 부동자세다

줄기와 잎도 감지했을 터
흔들림이 멈추지 않고서는
끝난 것이 끝났다고 할 수 없다

발자국, 소리 없이 다녀간 뒤로
신경 쇠약으로 몸은 쪼그라들고
생각은 평행선을 벗어났다

여름은 식은땀으로 얼룩졌고
불타는 계절이 다가오고 있다

흔들림을 아는지 모르는지
공중의 길로 날아가는 나비

나와는 아무 상관없다는 듯이
아련나래 펄럭이며 소문 잠재운다

탐색전

이제 당신을 깐죽거려 볼게요
암호는 무시하고 비밀금고를 열어야 겠어요
입술 위에서 당신의 치부를 누설해 보아요
곪은 것은 터트려야 새살이 올라온다고 하죠
거름망이 필요 없는 놀라운 것을 원해요

우리 사이에 웃음꽃 피워 볼까요

샤워한 토막들 물기가 없어요
몸에 분칠하고 뜨거운 곳에 뛰어 들어요
노릇노릇해 지면 뒤집어 줘야 돼요
비밀이 털리니 얼굴에 반지르르 윤기가 돌죠
접시 위에 둥글게 올려놓아요

이제 눈 꼬리도 올라갔어요

위장항해술

위장술의 귀재라 불리는 쏙독새처럼 게슴츠레 외꺼풀 눈으로 밥통을 쪼아대어 아침이 가시처럼 까칠하다

슬그머니 약손이 배에 올라 시계방향으로 출항하니 갑자기 너울성 파도 일어 튼 살에 기우뚱해질 때 위장약 들어가자 중심을 잡는 데 성공한다

살다 보니 더부룩한 일들이 텀벙텀벙 소화되지 않아 이불과 부스스하게 일어나 몸에 걸친 보호색 걷어내고 단물 꼴딱꼴딱 삼키듯 하면 오장육부가 편할까?

바람의 끝말잇기가 끝나는 막다른 식당 간판에 "밥통령, 위장은 우리가 접수한다"라고 하니

배는 밤과 밤사이 안도라는 부두에 정박한다

사각 얼굴과 맞닥뜨리다

커튼의 꽃무늬마다
적막이 덕지덕지 붙어 있다

가위는 미혹에 넘어 갔는지 혼잣말로 속삭인다
–어서 오세요 어떻게 해 드릴까요?
–마음에 드시나요?

책상은 시집 쌓아 놓고
미래파 시집을 읽으며 이해가 안 된다는 듯 손가락 까딱 거린다

앞뒤가 맞는 듯, 다른 듯
나의 눈은 벽속의 시멘트에 갇혀 타관을 떠돌던 뭇별이 된다
예약 시간이 되었는지 티브이는 일어나고
바보 상자는 노래 부르고 있다

갱년기 증후군에 시달리던 나의 두 볼에
잘 익은 사과 오르락내리락 거리고
매트 위 한류와 난류에 번갈아 옮겨 다니니
적막이 뒤로 물러난다

배경

너와 나 사이 불편한 진실을 먹구름 위에 뿌려 놓아야 겠어 한때 우리에게는 비스듬히 누운 긴 계단과 그 계단에서 반 대항 합창대회가 있었고 철봉에 거꾸로 매달려 오래 꿈꾸기, 미끄럼틀에 내려오면서 모래와 발차기, 졸업앨범에 들어갈 촌스런 얼굴 흑백사진으로 들어가기, 신장염에 빼빼마른 종아리 만국기 같이 가벼워 아버지의 리어카에 파지처럼 실려 학교로 가기, 6학년 2반 교실 마룻바닥에 반질반질하게 초 칠하기, 나의 뇌리에 찍힌 지난 발자국들이 날짐승처럼 덤벼들면 그땐 어쩔 수 없어 이젠 그리운 것에 잠자리 날개를 달아 멀리멀리 시집 보낼거야

가슴에는 부치지 못한 편지를 움푹 튀어나온 쇄골 안으로 차곡차곡 채워 볼 거야 우리 사이에 오고 간 진실만이 온전히 도화지 안을 횡단하는 하현달처럼 뒷면에 꼭꼭 간직하게 될 테지 이제 너는 건기로 변했고 나의 표정은 시간의 섬모를 지나 폐가가 되었

어 가슴 한자리를 도려내 도착한 시간을, 새벽을 깨우는 수탉의 목소리를 지나 귀뚜라미 우는 계절이 오면 학교로가 비스듬히 누운 긴 계단에 다리를 쭉 뻗고 앉을 거야

뒷담화

꽃밭에서 탈출해 달팽이관 지나.우뇌에 안착했다
먹잇감 낚아채는 물총새처럼 빠르다

사각형 뒷방, 방음벽은 허술하고 문틈으로 바람이 들어온다
소문은 입으로 물어 나르고 이 방의 룸메이트들 허리는 70도에서 90도로 변한다
질투의 꽃 활활 타올라 글루탐산나트륨으로 모제지회사 회장님 이야기가 비법 양념과 같이 찰지게 버무려 진다 무향이다 목의 핏대가 올라 갈 즈음
해산이라고 누군가 외친다 그들의 입안에 미량의 독이 있어, 아이스크림은 시커멓게 변했다 꽃은 피었고 흔적은 없고 향기는 퍼지는데 구린내로 죄없는 콧구멍만 누른다 방의 소파는 뜸해진 발걸음으로 심심해져 하품만 해댄다
건너편 건물에서 개량종 꽃들이 피고 있다

멀리 뻗은 줄기는 과체중에 몸살로 앓고

언제부터인가 시큰둥해진 뒷방에 드라이플라워가 걸려 있다

은행털이범

바람은 세단처럼 쏜살같이 달아난다

꽁무니의 배출 가스는 노지 배춧잎처럼 빳빳하다가 구석진 자리 차지한 늙은 호박같이 누렇다가

현장에 발견된 발자국들 막도장처럼 여기저기 찍혀 있고 구겨진 영수증들 파쇄기 옆에 널브러져 있다 은행과 마주하면 챙겨야 할 것들이 많다 검은 챙 모자와 방진 마스크, 통 큰 걸망이다 좀 썰렁한 이야기지만 어쩔 수 없다 밤새 떨궈낸 깃털이 들쑥날쑥 뒤틀린 채 자신의 보호를 위해 구린내로 위장되어 있고 머지않아 현장을 다시 찾을 범인은 멀찌감치 서성거리다 갈 것이고 그는 이제부터 묵비권을 행사 할 것이다

용의자는 둘로 좁혀진다 첫째는 인상착의도 그림자도 발자국도 형체도 가늠할 수 없고 다만 피부에와 닿아 느껴지기만 할 뿐, 둘째는 여러 가지 색 물감을 가지고 계절별로 풍경화를 그리고는 감쪽같이

사라지는 자다. 일주일이 흘러 지금쯤이면 범인이 한 명으로 좁혀져야 한다 겨울이 오기 전에 잡지 못하면 증거물은 어디론가 사라져버린다

세탁물은 삼십 여분의 세탁과, 적어도 다섯 번 이상 헹굼과 고농축 향기를 첨가하면 감쪽같이 오리무중 된다

태연한 목석

—강정보 가야금 모형

골무 끼고 통통 튕겨 볼까나

강의 실핏줄까지 꿰고 있는 나는
그 회색빛 대가야 스토리를
강바람처럼 찾아가
정지된 추성, 퇴성을
일으켜 본다

다리 한가운데 쇠심줄에 빛이
끈질기게 다가와도
둥~당 두기둥 뚱당
속으로 삼킨 슬픈 노랫가락
물의 후렴이 난간을 친다
데크 바닥에 남아있던 환호성이
물집 터진 내 손가락에서
길게 물결 여흥이다

잔영이 역삼각형인 그의 현을
한 번 더 길게
둥~당 두기둥 뚱당

태음인 체질의 그도 흔들렸던 거다

온몸을 목석으로 살아온 날들이여
서로 아낌없이 부벼
온기를 내어볼 일이다

흔적

째깍째깍 가던 길, 둥근 줄로 옭아맸는지 멈춘지 오래

서랍 속에 웅크리고 있는 시계
10시 40분, 밤인지 낮인지
텅 빈 줄 속에는 지친 발걸음만 들락거렸을
줄 사이사이 먼지만이 이탈의 흔적 남겨 놓고
손목에 닿은 곳, 빛바랜 채 무념무상이다오뉴월 뙤약볕의 허기가 현기증 되어
독백으로 서 있는 것 같은

걸음을 멈춘다는 건 누구와 타협 하겠다는 것
한밤, 빈 골목길을 걷다 되돌아 본 가로등 같이
둥근 줄 사이 쌓인 이야기 밤새도록 풀어가며
고개 끄덕이며 듣고 싶은
그래서, 그녀를 기억해야 한다는 거

덕질, 그녀들 발 벗고 나섰다

—가수 임영웅에 부쳐

밤이 되면 깔리는 음악은 빛처럼 쌓이고 너는 숙면 중에도 우릴 보고 있어

'널 자꾸 보니 보고 싶어'

어느 공연장, 노래의 절정쯤에서 너는 쉿! 두 눈만 웃었을 뿐인데 나는 의자와 딱딱하게 굳었고 잠겨 있던 암호가 풀리고 말았어

'생각하니 너 생각만 하게 돼'

너는 공중파 우리는 지상파, 그래프는 매일 자라고 너를 알지 못하는 사람들이 없다고는 말할 수 없는 그런 말들이 날개 단 소문이 여기저기 퍼져나가 귓속에서 눈 안에서 둥지 틀었어

그녀들 발 벗었다, 서리꽃 사그라들 때까지

| 해설 |

정념情念으로 새겨진 삶의 무늬들

이진엽 | 시인, 문학평론가

1. 삶의 결 탐사하기

대지의 부단한 지각작용을 통해 퇴적층이 형성되듯, 시는 삶의 온갖 파동에 의해 켜켜이 쌓인 인간의 희로애락을 품고 있는 퇴적물과 같다. 시 속에 내장된 이 퇴적물에는 생의 무수한 무늬들이 압축파일처럼 응축되어 있다가 누군가 마음의 촉수로 그것을 건드리게 되면 물결처럼 출렁이며 그 풍설風說들을 쏟아낸다. 그러므로 시는 시인이 느끼는 숱한 정념情念들이 이미지로 농축되어 있다가 어느 한 순간 감동적으로 독자들에게 전달된다. 까닭에 짧은 서정시들이 수록된 시집은 가볍게 손에 쥐어

지지만, 그 시집 속에 담긴 생의 울혈과 파노라마는 결코 가볍게 들어 올려지지 않는다. 만남과 이별, 사랑과 상처, 탐욕과 무상함, 애락哀樂과 생멸生滅 등 넝쿨처럼 엉킨 생의 비망록을 은밀히 품고 있는 한 권의 시집이 어찌 가벼울 수 있겠는가.

〈섬시〉 동인으로 활동하고 있는 오남희 시인의 첫 시집 『나의 말은 계속 자라고 있어』는 이런 의미에서 매우 진중珍重하게 읽혀진다. '첫' 이라는 관형어가 암시해주듯이 이 시집에는 시인으로 등단하여 처음 세상에 선보이는 자신의 내밀한 삶의 무늬들이 고스란히 새겨져 있다. 이 첫 시집에 결을 이루면서 짜인 생의 의미들을 자세히 탐사해보는 것도 하나의 큰 기쁨이요 설렘이다.

2. '꽃' 의 심상으로 그려낸 수채화

오남희 시인의 이번 첫 시집에서 두드러지게 목격되는 것은 자연 심상을 통한 정서 표출이다. 그는 '꽃 · 개울물 · 폭포 · 바다 · 물오리 · 섬' 등의 자연 이미지를 통해 다양한 주제를 이끌어내고 있다. 특히 '꽃' 의 심상을 통해 '자연과의 교감交感'

을 펼치고 있는 시가 우선 눈길을 강하게 끈다.

능수버들은 눈금자로 재어 놓은 듯 또박또박 고르다 입주 작가처럼 겨우내 문 걸어 잠그고 쓴 편지는 수십 장으로 완성되고 꼬리 꽃차례에 촘촘하게 써 내려간 사연을 개나리 꽃잎 봉투에 붙여 밀봉하니, 실바람 찾아와 집집이 다니며 우체통에 넣어준다 오타로 반송된 편지, 한 치 건너 사는 물오리 발 벗고 나서겠다며 조약돌에 콕콕 찍어 몸 풀어헤친 개울물 위로 다시 띄워 보낸다

사위는 온통 연두다

누군가 나에게 쓴 편지는
봄까치꽃 앞으로 전해줬는지 내가, 쪼그리고 앉아 있는 나를 토닥인다

—「연둣빛 연서」 전문

해마다 봄이 오면 연출되는 꽃들의 개화 과정을 이 시는 비유를 통해 잘 나타내고 있다. 아직 활짝 피지 못한 채 꽃봉오리를 맺고 있는 개나리의 모습이 "겨우내 문 걸어 잠그고 쓴 편지"처럼 '밀봉' 되어 있다. 이 꽃봉오리는 "실바람 찾아와 집집이 다

니며 우체통에 넣어준다"에서 보듯 집의 울타리에서 노란 꽃잎을 열게 된다. 그 개나리 꽃잎을 시인은 "오타로 반송된 편지"라고 재미있게 표현하고 있다. 그런데 이 편지를 '물오리'가 "조약돌에 콕콕 찍어 몸 풀어헤친 개울물 위로 다시 띄워 보"냄으로써 봄소식이 멀리까지 전해지게 된다.

꽃의 개화와 더불어 밀려오는 봄소식, 그것은 자연이 띄워 보내는 싱그러운 메시지이자 '연둣빛 연서'이다. 편지가 '나'와 '너'를 연결하는 교신交信의 역할을 한다고 보았을 때, 이 시는 겨우내 단절되고 얼어붙은 것들이 아름답게 풀어져 생명의 연쇄반응을 일으키며 교감하는 모습을 인상 깊게 보여주고 있다. 그래서 시인도 "누군가 나에게 쓴 편지는 / 봄까치꽃 앞으로 전해줬는지 내가, 쪼그리고 앉아 있는 나를 토닥인다"라고 하며 자연과 정서적으로 연결되려는 꿈을 버리지 않고 있다.

꽃을 통한 이 같은 자연과의 교감은 '지순한 사랑'의 장면으로 나타나기도 한다.

산림녹화 기념 숲 안의 꽃밭은 나비의 배달구역이다

꽃밭의 꽃들
사월의 꽃밭에서 나풀나풀
미추룸한 몸으로 반긴다

철쭉이 볼 발그레한 건 내용을 짐작한다는 것
제비꽃은 몸이 굳어 목만 까딱까딱 거리고
땅속에서 호시절 보낸 할미꽃은 모든 게 귀찮다는 듯
구부정하고
반드레한 목련은 벌써 내통했는지 머쓱하다
땅바닥 모도록하게 점령한 꽃다지는 난코스라
숭굴숭굴한 민들레는 마을 사랑방의 푼푼한 집 같아

분홍과 노랑, 한 페이지가 환해지는
나비는 별것 아닌 듯 황홀하여
볼 붉히는 꽃들에게
—괜찮아, 사랑이야

스물두 살
저녁 무렵, 문 앞에 놓인 하얀 봉투에
심장이 멎을 뻔했던
사월의 봄밤 같은

—「나비는 우편배달부가 되어」 전문

시의 제목 속에 있는 '우편배달부' 라는 시어가 암시하듯이 이 시 역시 '꽃' 과 '편지' 라는 이미지를 통해 자연 속에서 이루어지는 천연의 어울림을 잘 표현해주고 있다. 그런데 인용시는 그 어울림이 의인화된 자연물들의 순수한 사랑으로 승화되고 있다는 점에서 이채롭게 다가온다. '나비' 는 우편배달부가 되어 "꽃밭의 꽃들 / 사월의 꽃밭에서 나풀나풀" 춤추면서 많은 봄꽃들에게 사랑의 전언을 보내고 있다. 이 애정 행각에 '철쭉꽃 · 제비꽃 · 할미꽃 · 목련 · 꽃다지 · 민들레' 등은 다양한 반응을 보인다. 이 봄꽃들에게 "나비는 별것 아닌 듯 황홀하여 / 볼 붉히는 꽃들에게 / —괜찮아, 사랑이야" 라고 하며 황홀한 사랑을 고백한다. 그 사랑의 연서는 마치 시인이 청춘 시절 "스물두 살 / 저녁 무렵, 문 앞에 놓인 하얀 봉투(편지)"를 발견한 것처럼 "심장이 멎을 뻔"한 감동을 재현해준다. 봄은 얼어붙은 대지의 풀림만이 아니라, 물질문명으로 삭막해진 이 시대에 생의 약동과 에너지를 회복시켜주고 사랑의 훈향을 피워 올려준다는 점을 시인은 한 폭의 수채화로 그려주고 있다.

꽃의 심상과 관련된 이러한 봄의 정경은 "마그

놀리아 향 품고 / 물오른 살결 꽃숭어리로 터지는 일 / 피어난 봉오리마다 탄성이라"(「목련」), "분홍에 취한 그녀 / 천국에 든 듯 / 입 꼬리 만발하다"(「연산홍」), "버선발 신은 꽃나무 아래는 홀림의 서분서분한 그늘이 내렸다"(「아카시 꽃」), "팔공산 층층 밭에 흐드러지게 핀 도화원"(「복사꽃」) 등에서도 잘 드러나 있다. 봄은 개화의 계절이며 움츠린 모든 존재가 눈 뜨는 열림의 시간이다. 그 개화는 단지 꽃만이 아니라 생명을 지닌 모든 개체가 빛을 따라 자신의 외피外皮를 열고 맑은 숨을 되찾으려는 의지를 나타낸 것이다.

3. 그리움과 정情, 혹은 사랑의 울림들

'정념'의 사전적 의미는 '감정에 따라 일어나는, 억누르기 어려운 생각'을 나타낸다. 이 정념 중에 타자에 대한 그리움과 정은 특히 인간의 본성 안에 자리 잡고 있는 보편적인 사랑의 감정이다. 그러므로 동서고금을 막론하고 이 그리움의 정조는 시의 핵심 모티프나 주제로 시인들에게 지속적인 친애親愛를 받아왔다. 이 시집에서도 그것은 예외가 아니다. 오남희 시인은 이 '그리움'의 정조를 '강'의 이미지를 통해 서정적 목소리로 들려주고 있다.

> 강둑에 서성이는 바람과
> 지친 다리 쭉 뻗어 누워 있는 강을 본다
>
> 서로 살갗 부비며 노니는 오리 떼
> 은결, 바람의 간지럼에 몸을 비틀고
> 신음처럼 들려오는 비수리풀 울음소리
> 강바람을 맞고서 저렇게 흐느끼고 있는가
>
> 까치놀에 반쯤 잠긴 자전거
> 주인 하염없이 기다리고
>
> 나에게로 흐르던 너의 미소
> 강 하구 어디쯤 가고 있을까
>
> 노을에 몸 타는 강
> 낙동역 지나는 열차와 같이
> 긴 그리움 하나 싣고서
> 오래토록 몸속에서 달리고 있다
>
> —「저무는 강에 기대어」 전문

시인은 어느 저물 녘 강둑을 혼자 거닐고 있다. 그는 “지친 다리 쭉 뻗어 누워 있는 강”을 바라보며 만감에 빠져든다. 그 노을 진 강에는 “서로 살갗 부비며 노니는 오리 떼”가 목격되는가 하면, “신음처럼 들려오는 비수리풀 울음소리”도 감지된다. 또한 강변의 길 한쪽에는 “까치놀에 반쯤 잠긴 자전거”가 주인을 잃은 채 방치되어 있다. 마치 캔버스에 그려진 한 폭의 풍경화처럼 저무는 강 주변의 정경은 시인으로 하여금 알 수 없는 느낌에 사로잡히게 한다. 이 순간 시인은 “노을에 몸 타는 강”을 응시하면서, “낙동역 지나는 열차와 같이 / 긴 그리움 하나 싣고서 / 오래토록 몸속에서 달리고” 있는 상념에 이끌린다. 그 그리움의 대상이 누구인가는 중요하지 않다. 왜냐하면 그것은 인간의 무의식 깊숙이 작용하고 있는 본연의 그리움에 가깝기 때문이다. 인물기흥因物起興이란 말처럼 자연의 서정적 장면을 목도했을 때 반사적으로 마음속에서 일어나는 정념과 같다.

이러한 정조는 사람과 사람 사이의 ‘정情’에 대한 생각으로 변주되어 나타나기도 한다.

여러 겹 붙은 벽지 떼어보니 알겠다

붙이는 것은 순간이지만 어르고 달래 묵은 먼지까지 붙어 쉽지 않다

조각으로 뜯어지니 마음은 찢어진다

정도 그렇다

붙이는 건 한나절 안 되지만 떼어내는 건 눈물, 콧물 들어가야 한다

뒷모습까지도 멍이 든다

억겁의 시간들 속에 쌓인 것들이 말해 주듯

다 못 떼고 가는 것이 사람의 정이다

—「벽지」 전문

시인은 '벽지'를 바르면서 "사람의 정"에 대한 생각을 유추의 기법으로 표현하고 있다. 호모 심비우스homo symbious라는 말처럼 인간은 혼자 고립해서 살 수가 없고 상호 의존하고 정을 붙이면서 살아가야 한다. '다정多情도 병病인 양하여 잠 못 들어 하노라'(이조년)라는 시조에서 보듯, 특히 우리 민족은 다정다한多情多恨의 심성을 지닌 것으로 잘 알려져 있다. 이 시에서도 시인은 여러 겹 붙여 놓

은 벽지를 뜯으면서 "붙이는 것은 순간이지만" 떼어내는 것은 "어르고 달래 묵은 먼지까지 붙어 쉽지 않다"라고 토로하며 사람 사이의 정이 얼마나 끈끈한 것인가를 말해주고 있다. 그 벽지를 억지도 뜯어내게 되면 "조각으로 뜯어지니 마음은 찢어"지는 것이다.

사람의 정도 마찬가지다. 시인은 그것을 "붙이는 건 한나절 안 되지만 떼어내는 건 눈물, 콧물 들어가야 한다 / 뒷모습까지도 멍이 든다"라고 고백한다. 그래서 "억겁의 시간들 속에 쌓인 것들이 말해주듯 / 다 못 떼고 가는 것이 사람의 정"이라는 것을 되새겨준다. 이처럼 '벽지→정' 으로 전이되는 유추의 전략은 이 시의 의미를 더욱 효과적으로 전해주고 있다.

정이 깊어 가면 '헌신적 사랑' 으로 승화되어가는 모습도 이번 시집에서 엿볼 수 있다.

군위 고로 싸리밭골
헐거워진 몸피 이끌고 온 구순 할머니
애물단지 요강 껴안고 막내며느리 차에서 내린다

몸은 멀찌막이 떨어져 있어도 늘 마늘밭 걱정이었다
뜨락에 걸터앉아
건너편 오리나무와 인사 나누며 안도의 한숨 내쉰다
죄다 퍼주고
쥐어 짜주고
몸피는 닳고 닳아
굽은 허리, 얼굴 시방 땅에 닿을 듯아흔 생애 땅으로만 꽂혔다
묵은뎅이에 깊은 산그늘 내려와 구부정한 할머니 등에이른 저녁 보름달 둥글게 내려 앉는다

—「묵정밭」 전문

"군위 고로 싸리밭골"이라는 실제 배경이 등장하는 이 시에는 혈육 또는 가족을 위해 일생 동안 헌신적 사랑을 실천해온 한 노파에 대한 삶의 이야기가 펼쳐지고 있다. 막내며느리의 차를 타고 어디론가 이동 중인 "헐거워진 몸피 이끌고 온 구순 할머니"는 줄곧 "마늘밭 걱정"뿐이다. 이 걱정에는 흉작에 대한 근심도 담겨있겠지만 자식들에게 그 수확의 결실을 제대로 나누어 줄 수 없을 지도 모른다는 애틋한 혈육의 정이 듬뿍 담겨 있다. 노파의

일생은 "죄다 퍼주고 / 쥐어 짜주고" 살아온 헌신적인 삶의 연속이었다. 그 이타적 사랑의 결과로 "몸피는 닳고 닳아 / 굽은 허리, 얼굴 시방 땅에 닿을 듯 / 아흔 생애 땅으로만 꽂"히게 되고 말았다. 노파의 이 아가페적 사랑이야말로 '나'를 죽이고 '너'를 살리는 살신성인의 행위이자 무한한 자비심을 실현하려는 몸짓이다. 그러므로 "구부정한 할머니 등에 / 이른 저녁 보름달 둥글게 내려 앉는" 장면은 바로 성자聖者의 머리 뒤로 빛나는 원광圓光처럼 이타적 사랑이 승화된 것으로 읽혀진다.

4. 삶 속에서 파생된 다양한 무늬들

오남희 시인의 이번 첫 시집에는 삶 속에서 파생된 다양한 무늬들이 저마다 일정한 주제나 문체style를 이루면서 전개되고 있다. 현대 문명의 이기利器를 통한 자아 성찰이 있는가 하면 '새'를 매개로 하는 비상의 꿈도 엿보이고, 일상어로 짜인 쉬운 시가 있는가 하면 미래파를 흉내 낸 난해시도 목격된다. 이중에서 '자아에 대한 성찰'을 보이는 시가 먼저 관심을 환기한다.

돌돌 돌지 않는 것들이 아우성이다
온몸이 들쑤셔 견디지 못할 지경일 때

먹다 남은 약봉지 책꽂이 귀퉁이에 까무룩 비틀어져 있다 환절기 맞아 따뜻이 손잡아주기를 기다리다 지친 몰골이다 폐부에서 뽑어져 나온 공기나 눈길이 머문 천장의 색깔은 붉지도 노랗지도 않다고, 몸서리치며 희뿌옇다 미지의 세계를 향해 떠나는 집시 되어 은하수 흐르는 마룻바닥이 편안하게 느껴질 때 옴짝달싹 못하는 마음 한쪽 내려놓는다 화창한 날 비스듬히 내리쬐는 햇볕이 창문을 통과하기는 수월하다 머릿속에 옹이처럼 박힌 어제는 천천히 팝콘처럼 날아올라 고령 오일장 뻥튀기처럼 속이 텅 빈다

반듯하게 누운 몸과 하늘 사이에 호흡이 산다
비우니 가볍다

—「요가 4」—'송장자세' 전문

시어와 시어 간의 연결이 논리 일탈적이면서 '의식의 흐름' 기법도 조금 감지되는 이 시에는 '요가'를 하면서 시인이 자아 성찰을 하는 모습이 엿보인다. 요가에서 "송장 자세"는 바닥에 팔과 다리

를 약간 벌리고 (송장처럼) 편안하게 누워 있는 자세다. 이 자세를 취하면 마음과 몸의 긴장 상태가 풀리고 호흡과 마음이 일체감을 이루어 절대 고요에 들게 한다고 한다. 시인도 '요가 4'라는 연작시의 시제詩題가 암시해주듯이 요가 수련을 체험하고 있는 것으로 보인다. 시인은 자신의 몸과 마음의 건강 상태가 "돌돌 돌지 않는 것들이 아우성이다 / 온몸이 들쑤셔 견디지 못할 지경"임을 직감할 때면 요가를 시작한다. 그는 "먹다 남은 약봉지 책꽂이 귀퉁이에 까무룩 비틀어져 있다"에서 느껴지듯 건강에 문제가 생긴 것이다. 이를 치유하기 위해 바닥에 편안하게 드러누워 송장 자세를 취한다.

그런데 누워서 바라보는 천장의 색깔이 "몸서리치며 희뿌옇"게 보인다. 삶의 온갖 번뇌가 마음속에서 소용돌이를 일으키고 있는 것이다. 이때 그는 "미지의 세계를 향해 떠나는 집시 되어" 마치 '은하수'가 흐르는 것 같은 마룻바닥에 고요히 누워 "옴짝달싹 못하는 마음 한쪽 내려놓는다." 그 순간 "머릿속에 옹이처럼 박힌 어제"라는 삶의 중압감은 "천천히 팝콘처럼 날아올라 고령 오일장 뻥튀기처럼 속이 텅" 비게 된다. 그 결과 "반듯하게 누운 몸과 하늘 사이에 호흡이 산다"에서 느껴지듯 시인은 '몸-마음-영혼'이 서로 하나가 되는 내적 평화에 빠져들게 된다. 세상살이의 번민에서 잠시 벗어나 적정寂靜의 고요 속으로 잠기게 되는 것이다. 무의식 깊숙이 감춰진 본연의 자아를 되찾으며 이제 모든 것으로부터 해방된 자유로움을 느낀다. 세상의 무거운 욕망을 내려놓고 하심下心의 상태로 돌아가니 얼마나 마음이 평온한가. 그래서 시인은 마음 속으로 되뇐다. "비우니 가볍다"라고.

이같은 자아 성찰은 "섬에 갇힌다는 것은 벙어리 냉가슴 앓는 것이다 생일잔치 끝낸 풍선처럼 언제 터질지 모를 불안을 꾹꾹 누르며 버티는 것이다"(「열섬」), "내려앉은 내 마음새 곱슬버들색처럼 순해"(「물멍」), "마음이 자꾸 흘러내려 공원길 걷는다. 잔디 위 나무의 조각난 마음도 떨어져 어찌할 줄 모른다"(「저녁, 는개에 젖어」) 등 여러 곳에서 확인된다. 자신의 참된 모습에 대한 되돌아봄은 궁극적으로 힘겨운 삶에 억눌린 영혼을 풀어주기 위한 행위로 받아들여진다.

한편, '말言'과 관련되어 파생되는 감정도 이번 시집에서 주목된다.

①밀렸던 말들이 공중에서 불꽃처럼 튀고 새 소식들은 양배 추처럼 감싸있어 둥글게 풀어내니 뇌리에 착착 감긴다 기름 때 엉킨 환풍기는 진한 농담들을 빠르게 빼내고 중요한 말 들은 접시위에 차곡차곡 올려 음식 재료로 쓰인다 끼어드는 말 때문에 대화 도중 잘린 것들 모든 말, 말, 말들이 냄비안으로 들어가 뽁닥뽁닥 위아래로 오르락내리락 거리고 '안 보는 데서는 임금님 흉도 본다' 며 각양각색의 양념을 끌고 와 넣고 보니 간이 짭짜래하고 감칠맛이 난다

—「짜글이」 부분

②입안의 말 가볍게 굴려
식탁 위 접시에 올렸다

모여 있던 입김은 나오자
아지랑이처럼 흩어졌다

'나와 상관없어'
접시에서 펄쩍 뛰는 말은
중구난방 가슴을 할퀴었다

밤새 되새김질로도

비수에 꽂힌 말 소화시키지 못해
뒤척이다 아침이 먼저 왔다

—「무죄」 부분

인간은 호모 로퀜스Homo loquens 즉 언어를 사용하는 동물이다. 언어를 통해 인간은 비로소 본능의 세계에서 벗어나 이성과 사유의 세계로 진입하게 되었고, 타인과 자유로운 의사소통을 할 수 있게 되었다. 하지만 인간은 세 치의 혀와 말(언어)을 통해 언제든 타인의 가슴에 깊은 상처를 낼 수 있게도 되었다. 이것이 말이 내포하는 중층적 성격이다.

인용된 ①을 보면 '짜글이' 라는 시의 제목이 암시하듯이 돼지찌개가 끓고 있는 어느 특정한 장소(식당)가 시의 배경이 된 것으로 추측된다. 사람들은 뜨겁게 찌개가 끓고 있는 식탁 앞에 옹기종기 마주 앉아 온갖 말들을 쏟아낸다. "밀렸던 말들이 공중에서 불꽃처럼 튀고 새 소식들은 양배추처럼 감싸있어 둥글게 풀어내"는 재미가 쏠쏠하다. 이런 말의 재미는 "자리의 고성방가들 / 한 다발 꽃말들로 묶여져 있고"(「그들은 '퇴근길' 에서 퇴근한다」)

에서처럼 다채로운 빛깔을 띠기도 한다.

대화가 무르익다보니 “끼어드는 말 때문에 대화 도중 잘린 것들 모든 말, 말, 말들이 냄비 안으로 들어가 뽁닥뽁닥” 끓을 정도로 말의 열기가 뜨겁다. 그 말의 내용은 어떤 것들일까? 그것은 “‘안 보는 데서는 임금님 흉도 본다’”에서 파악되듯 남에 대한 험담이나 비난의 말이라는 것을 짐작할 수 있다. 타인을 흉보는 말은 세인들에게는 “간이 짭짜래하고 감칠맛”이 난다. 힘이 없는 민초들은 이 짜글이 앞에서나마 삶의 고단함과 억눌린 감정을 카타르시스 할 수 있다. 따라서 뜨거운 냄비에 끓고 있는 것은 기실 음식이 아니라 사람들이 세상에 대해 느끼는 온갖 감정이 양념처럼 버무려진 말들인 것이다.

이 같은 말은 특히 ②에서처럼 타인에 대해 깊고 쓰라린 상처를 주기도 한다. 일상에서 마구 남발되는 말에 대해 시인은 “입안의 말 가볍게 굴려 / 식탁 위 접시에 올렸다”라고 언표하고 있다. 이렇게 발화된 가벼운 말들은 타인의 마음을 상하게 할 수 있지만, 뭇사람들은 자신들과는 상관없는 일쯤으로 여긴다. 남에 대한 험담이 심해질수록 “접시에서 펄쩍 뛰는 말은 / 중구난방 가슴을 할퀴"고, 그로 인해 상처 받은 자아는 "밤새 되새김질로도 / 비수에 꽂힌 말 소화시키지 못해 / 뒤척"이게 된다. '혀 밑에 도끼 들었다' 라는 속담이 있듯이 말 속에 숨겨진 '비수' 때문에 그 칼끝에 찔린 사람의 마음이 얼마나 고통스러운가를 느낄 수 있다. 이 아픔은 "말이 거세라도 당한 듯 환지통 인다"(「환지통」)에서와 같이 마치 수족이 잘려나간 듯한 극한 통증을 타인에게 줄 수 있다. 그것은 전全 인격의 파괴요 인간의 존엄성을 압살하는 행위와 같다.

끝으로 '날개' 의 이미지를 통해 '비상의 꿈' 을 표현하는 시들도 눈길을 끈다.

> 퇴화된 날개라고 꿈까지 접을 수 있을까
>
> 둥근 불판 위
> 붉은 살점에 양념 옷을 걸친 뼈가
> 지글지글 살점이 오그라들고 있다
>
> 숯 냄새는 갈비집의 오래된 습성일 터

양손으로 갈비를 받쳐 들고
그녀는 뼈와 살점을 깨끗하게 구분한다

갈빗집 음향기기 스피커의 어둠처럼 풀린 음악이
내 옆구리로 착착 감겨올 때

스스럼없는 한 남자, 시린 갈비뼈로 부벼 오며
뼛속 깊이 파고들던 슬픈 몸동작에
그녀는 충혈된 눈으로 대신한다

불면의 밤은 길어졌다

혼란스러웠던 밤, 빈 거죽만 남겨
아담에게 갈비뼈를 반납하고 싶었다

뿌연 새벽 창밖은 포슬눈이 내렸고
울컥,
저 눈처럼 뜬금없는 그녀
날개가 있어도 날지 못하는 슬픔
몇 겁이 지나야 자유로울지

—「화식조火食鳥」 전문

이 시에는 '화식조' 라는, 일반적으로 잘 알려지지 않은 새가 시의 핵심 제재로 등장하고 있다. 화식조에 대한 사전적 개념을 보면 '뉴기니 섬과 오스트레일리아 열대림에 서식하는, 날개가 퇴화되어 날지 못하는 새' 로 되어 있다. 긴 목의 아래쯤 붉은 살덩이 같은 게 붙어 있어 마치 불을 먹은 것 같아 화식조라 불린다고 한다. 시인은 어느 날, 한 갈빗집에서 "둥근 불판 위 / 붉은 살점에 양념 옷을 걸친 뼈가 / 지글지글 살점이 오그라들고 있"는 장면을 보면서 이 화식조를 연상하며 비상의 꿈을 꾼다.

때마침 "갈빗집 음향기기 스피커의 어둠처럼 풀린 음악 / 내 옆구리로 착착 감겨올 때", 시인의 자유로운 의식 작용에 의해 시의 배경이 된 갈빗집과 여자(그녀)의 방이 오버랩 된다. 동시에 동물의 갈비뼈와 사람의 갈비뼈가 중의법을 이루면서 겹쳐진다. 이 덧놓인 화면 속에서 "시린 갈비뼈로 부벼오며 / 뼛속 깊이 파고들던 슬픈 몸동작"을 보여주던 '한 남자' 와 "충혈된 눈"으로 그 사내를 닫아주던 한 여자가 비춰진다. 여자가 보낸 밤은 혼란스러웠고 "불면의 밤은 길어졌다."

'그녀'가 짊어진 생의 등짐이 너무 무거운 것이었을까. "새벽 창밖은 포슬눈"이 내리고 있지만, '그녀'는 "날개가 있어도 날지 못하는 슬픔"에 사로잡힌다. 자신이야말로 날개가 퇴화되어 날지 못하듯 삶의 속박에서 벗어나지 못하는 한 마리 화식조인 것이다. 하지만 '그녀'는 비상의 꿈을 결코 포기하지 않는다. 그래서 "몇 겁이 지나야 자유로울지"라고 되뇌며 억압도 굴레도 없는 꿈의 세계로 날아가고 싶은 소망을 은연중 드러내고 있다. '그녀'를 매개로 하는 이 자유로운 삶에 대한 소망은 바로 시인의 꿈이자 간절한 발원發願인 것이다.

오남희 시인의 첫 시집 『나의 말은 계속 자라고 있어』는 '첫'이라는 설렘 때문인지 많은 호기심으로 읽혀진다. 이 시집의 문을 열고 안쪽을 깊이 들여다보면 시인이 삶 속에서 느낀 정념의 무늬들이 다양하게 내비치고 있음을 느낄 수 있다. 그 문양 속에는 '꽃'의 이미지를 통한 자연물들의 상호 교감과 지순한 사랑이 감지되는가 하면, 그리움과 사람 사이의 정도 엿보인다. 또한 자아 성찰과 말言이 주는 상처, 비상을 염원하는 시인의 꿈도 포착되는가 하면, 의식의 흐름을 타고 파동 치는 미래시 풍의 자유분방함도 내비친다. 이 모든 것들이 시인의 내면에서 더욱 치열하게 용해되어 더 한층 아름다운 시의 결을 이루어가기를 기대해본다.

反詩시인선013
나의 말은 계속 자라고 있어

2021년 4월 15일 초판 1쇄

지은이 | 오남희
펴낸이 | 강현국
펴낸곳 | 도서출판 시와반시

등록 | 2011년 10월 21일 (제25100-2011-000034호)
주소 | 대구광역시 수성구 지산로 14길 83, 101-2408호
대표전화 | 053)654-0027
팩스 | 053)622-0377
E-mail | khguk92@hanmail.net

ISBN 978-89-8345-110-1 03800